衛斯理系列 少年版 18

木炭

作者：衛斯理

文字整理：耿啟文

繪畫：鄺志德

衛斯理
親自演繹衛斯理

老少咸宜的新作

　　寫了幾十年的小說，從來沒想過讀者的年齡層，直到出版社提出可以有少年版，才猛然省起，讀者年齡不同，對文字的理解和接受能力，也有所不同，確然可以將少年作特定對象而寫作。然本人年邁力衰，且不是所長，就由出版社籌劃。經蘇惠良老總精心處理，少年版面世。讀畢，大是嘆服，豈止少年，直頭老少咸宜，舊文新生，妙不可言，樂為之序。

倪匡　2018.10.11　香港

主要登場角色

白素

林老太

林伯駿

衛斯理

林子淵

林玉聲

陳長青

第十一章

祖傳大屋的密室

　　我答應了林伯駿的要求，帶着**木炭**去汶萊，見他和他的母親。在出發之前，我找了一個原籍江蘇句容縣的**朋友**來，臨時向他學習當地語言特有的腔調。因為我想到，林老太太離開了家鄉好幾十年，對於家鄉的一切必定十分*懷念*，如果我能夠以鄉談和她交談，自然可以從她口中得到更多資料。

　　兩天後，我乘搭飛機到達汶萊的**機場**。林伯駿親

自來接我，我在網絡上見過他的照片，所以認得他，便向他走過去，他自然也猜到我就是他要等的人，便 *伸出* 手 ✋ 來：「衛斯理先生？我是林伯駿。」

他一面説，一面向我的 **手提箱** 🧳 看了一眼，我和他握了一下手，互相問好，並告訴他：「林先生，木炭在手提箱裏。」

「好，我的 🚗 *車子* 在外面，請！」

我們上了車，車子十分 *豪華*，連司機也穿着制服。一路上，我看出林伯駿好幾次想開口，卻 **欲言又止**，我便向他笑了笑，「你想説什麼，只管説。」

林伯駿有點不好意思地笑了一下，「對不起，請恕我直言，一塊木炭，要換同樣體積的 *黃金*，實在十分荒謬！我來到這裏的時候，只有四歲，汶萊就是我的家鄉。或許這塊木炭和 *過去* 的一些事有關，但我對於過去

的事，毫無興趣！」

我點頭道：「我明白。」

「可是我母親不同，她對過去的事一直 **念念不忘**。衛先生，請恕我直言，如果你的目的，是利用我母親對過去的懷念而 獲利 的話，我想你不會成功！」

我極力 **克制** 着自己的情緒，冷冷地說：「林先生，你大可以放心，我要是想 **騙財** 的話，像你這種 小商人，還輪不到做我的對象。」

「是麼？」林伯駿有點不屑，「那麼，什麼人才是你的對象？」

「譬如說，陶啟泉，他還差不多。」

陶啟泉就是我一個電話，他就立即派人送了兩百萬美元支票來的那位 大富豪。

林伯駿一聽到這個名字，像 中了 一拳一樣，

神情尷尬，「衛先生你⋯⋯認識陶先生？」

「不敢說認識，不過，我見了他，他不至於會懷疑我向他騙錢！」

林伯駿的*臉色*更難看，過了好一會，才說：「我只不過是**保護家人**，你別見怪。」

我也懶得再和他說話，行駛了一小時左右，車子便駛進了一幢相當大的**花園洋房**。

我和林伯駿下了車，才一進房子，就傳來一個老太太的聲音：「伯駿，那位衛先生來了沒有？」

那是典型的 **句容話**，我一聽就大聲道：「來了！」

雖然只說了兩個字，但是字正腔圓，學到十足，我立時聽到了一下**歡呼聲**，隨即看到一個女傭推着輪椅出來，輪椅上坐着的，顯然就是林老太太。

我向她走了過去，「林老太太？我是衛斯理！」

老太太向我望過來，神情激動，眼有淚光，緊緊地握住了我的雙手，口唇顫動，許久才說出話來：「衛先生，那東西你帶來了沒有？讓我看看！」

「帶來了。」

林老太太立刻心急地說：「請給我！我要看看！伯駿，快付他 $錢$！」

　　林伯駿的神情相當**難看**，一面答應着，一面説：「媽，我有一點話，想和你説。」

　　林老太太立時生起氣來，「不用説，不論多少錢，也要給他！」

　　這時到我有點尷尬了，我不是來騙錢的，於是説：「林老太太，*價$錢$*的事，可以慢一步談，我先將這塊**木炭**給你。」

　　我從手提箱裏取出了放木炭的盒子，打開**盒蓋**，交給了林老太太。林老太太雙手緊緊抱住了盒子，盯着盒中的那塊木炭，神情激動到了**極點**，過了好一會，才抹着淚對我説：「衛先生，請你跟我來，我有很多話要對你説。」

　　這正是我來的目的，我連忙**點頭**應道：「好。我也有很多話要對你説。」

林老太太向林伯駿望去，「伯駿，你也來。」

但林伯駿很**抗拒**，「我事情很忙，不想聽以前的事，我有我自己的事。」

「你不想聽，那由得你，衛先生，請跟我來。」她一面説，一面示意護士推着**輪椅**，向樓上去。

我跟着林老太太上了樓，走進一間相當寬大的房間，來到種着許多花卉的**陽台**上。我自己移過了一張**籐椅**，在林老太太的身旁坐下。

林老太太望着遠處的**山景**，憶述起往事：「我高中畢業之後，在家鄉的一家**小學**教書，子淵就是那家學校的校長。子淵的家在縣城西，那一帶全是後來搬來的，不是本土人，我們稱那一帶為『**長毛營**』，子淵就是『長毛營』的人。」

我呆了一呆，「這個地名很**怪**。」

「長毛營，就是說，住在那裏的人，以前全是當長毛的！」

所謂「長毛」，就是 太平天國 。「當長毛」，就是當太平天國的 兵 ！太平天國廢清制，復舊裝，蓄髮不剃，所以，江南一帶的老百姓，統稱之為「長毛」。

「林子淵先生是太平軍的 後代 ？」我問。

林老太太點了點頭，「我在小學教書，他是校長，不到一年，我們的感情突飛猛進，很快就 結了婚 。我搬到子淵的家裏去住，子淵的父母早過世了，他家是一幢三進的 大屋子 ，全是用十二斤重的 水磨大青磚 造的。家裏除了兩個老僕人之外，就是我們兩夫妻，地方實在太大了，有很多地方，我住了一年多，根本連去都沒有去過，也不敢去。」

我耐心地聽着，她繼續説：「生下伯駿之後，我沒有再教書。在伯駿三歲那一年，有一天晚上，忽然聽到有人**大叫**：『失火了！失火了！』伯駿先驚醒，哭了起來，子淵也醒了，立即跑出去看看。我在牀上摟着伯駿，不知怎樣才好。原來火在我們後面的那條街燒起，到**天亮**才救熄，起火的那間屋子燒成**平地**，而我們的屋子只有最後一進被燒去了**一角**，沒有蔓延過來。

「我抱着伯駿去看被火燒去的地方，那是我從來也沒有到過的範圍。子淵正忙着與兩個傭人一起將塌下來的**磚頭**搬開去，一看到我，就對我説：『我小時候常來這裏**捉迷藏**，後來很久沒有來了。你看，這房子很怪！』

「子淵指着斷牆，那牆是用十二斤重的水磨青磚砌起來的，有兩層，中間空着大約兩尺，是空心牆。我看了一

下，說：『是 空心牆 ，也沒有什麼怪。』鄉下人起房子，講的是百年大計，空心牆 冬暖夏涼 ，也不是奇怪事。

「但子淵說：『不對，你再聽聽！』他拾起半塊磚頭來，往牆中間向下 拋 去，從磚頭落地的聲音聽來，牆基下面至少還有一丈是 空 的！我很驚訝，『下面是空的！』子淵忙道：『 小聲點 ，別讓人家聽到了！』你知道他為什麼這樣緊張嗎？」

林老太太突然笑着問我，我猜想道：「看這情況，那屋子下面有一個 地窖 ，要不是燒塌了半邊牆，你們也不知道那裏有地窖，對嗎？可是他那麼緊張叫你不要大聲……」

我還未想出 頭緒 ，林老太太便揭曉道：「 寶藏 。古老屋子的地窖大多數要來埋藏寶物。你忘記了他的祖先

是當什麼的嗎？」

　　我如‥‥夢初醒，訝異地說：「長毛！」

第十二章

神秘的 小冊子

林老太太呷了一口茶，繼續説下去：「平時一提起子淵的祖先是長毛，他一定很生氣；可是那時，他卻興奮地壓低聲音説：『你可知道，太平軍攻打城池，搜掠了多少金銀珠寶？這屋子居然有一個秘密地窖，你猜裏面會藏着什麼？』」

「他的猜想也很合理，那麼你們找到了寶藏嗎？」我問。

林老太太嘆了一口氣，「當時，他叫我不要張聲，到晚上，他會到地窖去發掘。不知道為什麼，我心裏總是有一種 **不祥** 的 **預感**，可是那時候誰能勸得了他？天才黑，他就點着一盞 *馬燈*，提着走了出去，我只好跟在他的後面。

「到了那斷牆處，他放下了馬燈，搬開堵住入口處的一塊木板，臉色 **白得可怕**，突然對我說：『你還是不要去，留在上面等我。』顯然他自己也有一種 **不安** 的感覺，但他還是堅持要下去。

「他安慰了我一句：『不會有事的。』然後提着馬燈，就從那個 **缺口處** 滑下去。我連忙踏前一步，從缺口處向下望。看到子淵提着馬燈，已經落地了，正向前走着，走出了沒多久，就看不到他了，只見燈光在 **閃動**，我叫道：『子淵，我看不見你了！』他的聲音傳了上來：

『這裏有 **一扇 門** ！』接着，就是『**砰砰**』的撞門

聲，然後子淵歡呼道：『門撞開來了！』我忙問：『裏面

有什麼？』子淵卻沒有回答我。

「我急起來，正想大聲再叫，忽然又看到了燈光和人

影，接着，子淵就走出來了，他一手提着 **鐵箱子** ，一手

提着馬燈，神情興奮得難以形容，抬頭叫道：『果然有東西！你看，有一個小鐵箱！』他來到了缺口下面，先將鐵箱拋上來給我，然後他迅速 爬 了上來。」

聽到這裏，我禁不住問：「他在地窖裏只找到一個鐵箱？」

林老太太點頭道：「他説那是一間很小的地窖，只有那個小箱子放在中間，可是我感覺到那箱子很 輕，不像有什麼金子銀子。但子淵確信箱子裏一定藏着很值錢的東西。他連忙去找 工具 將鐵箱打開，怎料一打開來，我們都 呆 住了！」

「裏面有什麼？」我着急地問。

「鐵箱裏，居然只有一疊 紙 ，裁得很整齊，用線釘着，是一本 簿子。」

「難道簿子寫着什麼重要的東西？」我問。

林老太太竟搖着頭：「**我不知道！**」

我呆住了，「你不知道？」

林老太太苦笑道：「簿子上寫了**幾行字**：『林家子弟，若發現此冊，**禍福**難料。此冊只准林姓子弟閱讀，外姓之人，雖親如妻、女，亦不准閱讀一字！』我一看到這**幾行字**，真是又好氣又好笑，當時就將伯駿送到子淵懷裏説：『好，你祖宗訂下的**家規**，你們兩父子去看吧！』然後我就賭氣走了出去。」

「你始終沒有看那冊子裏寫了什麼？」

「沒有。而且子淵看完之後，竟然也**絕口不提**那

本冊子的事。當晚，我又到 天井 坐了下來，聽到伯駿的 哭聲 ，哭了很久仍沒有人理會，我奔進房中，看到伯駿在牀上哭着，子淵卻一動也不動的發着呆，好像在想什麼事，連兒子哭成那樣也不知道！

「當時我忍不住 大喝 ：『你在幹什麼？』子淵被我一喝，整個人震動了一下，『沒……沒什麼！』我知道他有事在 瞞 着我，便問：『你到底看到了些什麼？』他卻苦笑了一下：『你別怪我，祖訓説，不能講給 外姓人 知道。』我很生氣，沒有再理會他。那時候起，冊子和小鐵箱都不知道被他放到什麼地方去了，不過我也不稀罕知道他們林家的 秘密 。當長毛的，還會有什麼好事？多半是 殺人放火 ，見不得人的事！」

事隔多年，林老太太講來，仍 怒意盎然 ，可見當時她的確十分生氣。

　　她繼續説：「自那晚起，我提都不提這件事，子淵也不提，像什麼也沒有發生過一樣。過了七八天，子淵忽然在一天中午，從學校回到家裏説：『我**請了假**，學校的事由教務主任代理。』我呆了一呆：『你準備幹什麼？』他説：『我要**出一次門**！』

　　「我心中又是生氣，又是疑惑，問他要到哪裏去？他猶豫了一會才告訴我：『到安徽蕭縣去。』我也是**第一次聽**到有這樣的一個縣，心中更覺奇怪，便問他：『去幹什麼？有**親戚**在那邊？』只見子淵有口難言的樣子，我冷笑了一聲：『又是不能給外姓人知道？』子淵苦笑着：『是的！』我感到事情愈來愈**不對頭**。他收拾了一下**行李**，只帶了幾件衣服，臨走時對我説：『我很快就會回來！』」

　　林老太太説到這裏，雙眼都**紅**了，忍不住在抽泣。

我自然明白她為什麼這樣**哀傷**，因為林子淵那次一去之後，就再沒有回來了。

過了好一會，林老太太才止住了**抽泣**，「他一去，就沒有回來過！」

我點頭表示知道。

林老太太盡量令自己**鎮定**，繼續說：「我每天都等他回來，直到一天下午，忽然有一個**陌生人**上門來找

我，自稱姓計，叫計天祥，從安徽來的。」

我知道四叔姓計，這個「陌生人」應該就是四叔了。

敘述到這裏，林老太太的情緒又開始**激動**，「那姓計的說：『林太太，我來告訴你一個**不幸**的消息，林子淵先生死了。』

他這句話才一出口，我如被一樣，眼前發黑，當場昏了過去。

「等到我醒過來，只見兩個老僕人正在團團亂轉，焦急地叫着：『怎麼辦？怎麼辦？』那姓計的很沉着：『林先生有親人嗎？快去叫他們來。』我這才想起伯駿，忙道：「伯駿呢？伯駿在哪裏？快找他來！』那時我什麼也不想，只想將伯駿緊緊地摟在懷裏。那姓計的見我醒了，又來到我的面前：『林太太，我是炭幫的

幫主。』我呆着，根本不知道什麼是炭幫，他接着又説：『你先生來找我，提出了一個十分古怪的要求，而且還做了很瘋狂的

事——』」

敘述到這裏，林老太太的神情很**難過**，實在說不下去，我嘗試幫助她：「林先生當年出事的經過，我全知道，你不必說。你可以說說計先生還做了些什麼。」

因為祁三說四叔足足去了**一個月**才回炭幫，我很想知道其中的 **內情** 。

林老太太吸了幾口氣，繼續說：「那姓計的，人倒不錯，看到我難過的樣子，**安慰** 了我很久，然後說：『我來得匆忙，沒準備多少 **現錢** ，不過我帶來了一點金子，希望你們母子以後的生活，不會有大問題。』他一面說，一面將一個**沉重**的布包放在几上，解開布條來，裏面全是**金子**。我呆呆地望着他，不禁起疑道：『子淵是你**害死**的？』」

第十三章

對往事不感興趣

　　林老太太憶述當日看到四叔贈予的金子時，不禁懷疑丈夫是被四叔害死的，她當時**質問**道：「要不是你良心不安，為什麼要給我們這些金子？」

　　四叔嘆了一口氣，「事情的經過，我已經跟你說過了。不過，說到底，林先生是在我們 **炭幫糧** 的地方出事故，我責無旁貸，確實是有點良心不安。」

　　林老太太敘述到這裏，**嘆息**了一下，才繼續說：

「我看到計先生態度十分 **誠懇**，不像壞人。況且我自己也清楚知道，子淵自從看完那本 **冊子** 之後，言行舉動確實變得很古怪，出了意外，還能怪誰？唉！當時我心裏十分難受，很需要一個 **傾訴** 的 **對象**，於是我忍不住將那本冊子的事説了出來。

「計先生聽得很用心，**皺着眉** 説：『那冊子上，一定載有什麼奇怪的事情！』這時候，老僕人將伯駿找回來了，我一見到伯駿，**悲從中來**，摟住伯駿痛哭。計先生等到我哭聲漸止，才説：『林太太，我看你留在這裏，只會更傷心，這樣吧，我出 **高價** 向你買這所屋子。你可以回娘家暫住幾

天，先離開這個 **傷心地**，然後拿了錢，帶着孩子到別

的地方過 **新生活。』」**

「你答應了？」我禁

不住問。

林老太太點點頭，

「我那時心裏很 **悲痛**，

而且覺得子淵的死是由

這所屋子引起的，如果

不是屋子裏有着一個 **隱秘** 地 **窖**，從地窖裏找到那本 **冊**

子，子淵就不會突然離家到什麼蕭縣去！我 **討厭** 這屋

子，所以就答應了計先生。

「我帶着孩子和老僕人離開時，計先生問我：『我可

以在這屋子裏住麼？』我說：『屋子是你的了，你喜歡怎

樣就怎樣。』計先生倒是 **君子**，坦白跟我說：『我可

能會在屋子裏**找一找**，想找出林先生那種怪異行動的原因。』我説：『隨便你怎樣，你喜歡**拆**了它都可以！』我就這樣走了。」

四叔**耽擱**了一個月之久才回炭幫，在那段期間，他是否已在屋子裏找到了林子淵當年怪誕行徑的 原因 呢？我問林老太太：「你以後沒有再見過計先生？」

林老太太答道：「見過。那時我先回**娘家**暫住，過了幾天，他又給了我一大筆錢，説是**屋$價$**。當時他問了我幾句話：『林太太，林先生的祖上，是當太平軍的？』我説：『是，要不，他們也不會在**長毛營**造房子。』計先生又説：『我找到了那本冊子，也看了！』

「當時我呆了一呆，問：『那麼他為什麼要去找你，去找那塊**木料**？』計先生回答道：『他不是要找木料，他是想去找一株**樹**，可是那株樹恰好在一個月前被我

們的人**採伐**下來了，所以他只好找木料。』我聽得**莫名其妙**，實在不知道他在説什麼。不過子淵已經死了，我也不想再觸碰這件事，就沒有再問下去。一直到大約兩個星期後，他又來找我，向我**道別**，説要回炭幫去了，我也向他道了謝。

「當時，他的神情很怪，好幾次欲言又止，**猶豫**了許久才説：『林太太，請你記着，不論過了多少年後，如果你知道有人要**出讓**一件東西——那是一件什麼東西，我暫時也説不上來，但決不會是一件**值得**出讓的東西，而且要的價錢很**高**，這件東西多半是一段木頭，一塊炭，或者是一段骨頭，也可能是一團灰。總之有人出讓這樣的東西，你又有能力的話，最好買下來。』」

我記得祁三説過，四叔一回去之後，再進 **秋字號窰** 中，發現了那塊木炭。當時四叔自己也不知道會找到什麼

東西。

　　林老太太繼續敘述：「當時我問他：『這是什麼意思？連你也不知道是什麼東西，為何要我去買下來？』只見計先生一面*踱着步*，一面嘆息：『我不相信，真的不相信！』我問他不相信什麼？他說：『你先生看到了一些**記載**，記着一件**怪事**，他相信了，可是我實在無法相信！』我再追問，他卻說：『你還是不知道比較好，別影響孩子成長，等他大了，他要是**有興趣**，你可以讓他自己去下判斷，信不信，全由他自己來決定。』

　　「他這樣說了之後，又交給了我一樣東西，那是一個**扁平的 小盒子**，是鐵鑄的，而且合口處給*焊死*了。他說：『這件東西你好好保管，待伯駿長大，讓他打開來看。我沒讀什麼書，實在看不明白。你要叫伯駿*好好讀書*，或者將來他會明白的。』當時我就猜想，鐵盒子

裏放着的，應該就是那本 **冊子** 了。」

「那東西還在？」我問。

林老太太點了點頭，「後來我帶着伯駿離開了家鄉，先到新加坡，再到汶萊，**人生地疏**，開始了新生活，伯駿總算是很爭氣。一直到幾年前，我無意中看到了一段

廣告，説是有一塊**木炭**~~粒~~*出讓*，我立時想起了計先生的話，所以叫伯駿找上門去。」

「這事我知道，結果**沒有成交**。」

「是的，伯駿回來告訴我，説他看到一塊木炭，竟要相同體積的金子去交換，他認為**極之荒謬**！」

這時我有一個**？疑問？**：「林老太太，你兒子早已長大了，那麼，他已經把那個鐵盒子打開來，看過裏面的東西了嗎？」

林老太太嘆氣，「伯駿一懂事，我就開始告訴他這件事，前後不知講了多少遍，可是他這人很**固執**，一點興趣也沒有。」

「事情和他父親的死有關，他怎麼可以沒有興趣？」

我的話才一出口，林伯駿的**聲音**突然在我身後響起：「為什麼不可以？人已經死了，就算我知道了他死亡

的原因，又有什麼用？我已經離開了家鄉，建立了一個與過去完全不同的生活，為什麼要讓過去一些莫名其妙的事，再**纏**着我？還要我拿黃金去換一塊木炭，做出這樣**荒謬愚笨**的事！」

我不知道他是什麼時候進來的，我轉過身去，對他説：「林先生，或許你對過去的事不感興趣，但我還是要告訴你，你父親當年**死在炭窰**裏，那炭窰內的所有東西全燒成灰，只有這塊**木炭**仍在，當中有許多不可解釋的事，和你父親有着關連！」

怎料林伯駿居然從母親手裏拿了木炭，交回給我，冷

冷地説：「就算你帶來的，是我父親的**遺體**，我也不會出那麼高的價錢。不過，浪費了你的時間和旅費，我一定會給你足夠**補償**的，請放心。」

林老太太勸道：「伯駿，那畢竟和你父親有關──」

「媽，你只不過想有人陪你 傾訴 過去的事，現在聊也聊完了，這樣的一塊木炭，還要來幹什麼？」

我實在 生 氣 ，二話不説，帶着木炭轉身就走，一直走出了林伯駿的屋子，在路邊拿出**手機**查看汶萊有什麼電召車平台服務。

可是我才剛下載了程式，就已經有一輛汽車向我 **響號**，並駛到我的身邊，我大感 **愕然**。

只見後座的 **車門** 打開，裏面有一個人向我叫道：「衛斯理！」

我彎身一看，驚喜萬分，原來車裏坐着的，正是我的 $債主$ 陶啟泉，他竟然也在汶萊，而且我們這麼巧合相遇。

　　他下了車，高興地拍着我的*肩頭*，「衛斯理，你怎麼會在這裏？正在等車嗎？」

　　我長嘆了一聲，「對，説來話長。你呢？來汶萊*談$生意$*？」

　　「一個叫林伯駿的人，生意上，他有點事求我，千請萬懇要我去吃**一頓飯**，我不好意思拒絕。」

我悶哼了一聲：「這**王八蛋**！」

陶啟泉一聽得我這樣罵，便問：「怎麼，這傢伙不是什麼好人？」

本來我可以趁機大說林伯駿的 **壞話**，但我不是這樣的人，我說：「那是我和他之間的事。你和他如果有生意上的來往，他倒是一個十分**精明能幹**的人，理性而堅定。」

陶啟泉一面聽，一面點着頭。

然後我轉了話題：「你可想知道，我向你借了兩百萬美元，**買了什麼？**」

陶啟泉現出好奇的神情。

我便打開了那個盒子，讓他看那塊木炭，「**我買了這塊木炭！**」

第十四章

冊子記載的詭秘事件

陶啟泉 **睜大了眼** 👁 ，盯着那塊木炭，又盯着我，神情疑惑至極。我笑道：「我怕你沒有時間知道所有 **來龍去脈**，要講，至少得半天時間。」

「沒問題。我們難得見面，今晚在酒店裏有很多事可以 **暢談** ！」

他吩咐司機先送我去酒店，他在 **保鏢** 和 *助手* 的陪伴下，步入林家大宅。

我住進了酒店，吃過晚飯後，和白素通了電話，把目前的狀況告訴她。掛線後，我感到很**疲累**，正準備睡覺時，突然傳來一陣**拍門聲**。我去開門，竟見林伯駿站在門前，手中拿着一個**紙包**，望着我，「我可以進來？」

我作了一個「*請進*」的手勢，林伯駿走了進來，將他手中的紙包遞給我，「衛先生，這就是家母提到，當年計先生臨走時交給她的那個**鐵盒子**！」

「林先生，這裏面可能有關乎你們林家的**大秘密**──」

但林伯駿依然堅決道：「我不想知道。但我可以**送**給你。」

我接過了盒子說：「那謝謝你了！」

「我才應該謝謝你，陶先生已委託我作為他在汶萊的**代理人**，這是由於你的*推薦*。」

我聳聳肩，「那是由於你的 才能 。」

「陶先生在這裏的事業相當多，我想請你當 顧問 。顧問的車馬費，是每年二十萬美元，可以先 預支 十年。」

我呆了一呆，隨即明白了他的意思，我哈哈地笑了起來，「不錯，這樣，我就可以 還$錢$ 給陶啟泉了。好，我當顧問！」

林伯駿很高興，立刻取出了一張 $銀$行 本票 來給我，我剛接本票在手，又有人敲門。我去開門，陶啟泉走了進來，看到林伯駿，笑道：「你比我還來得早。」

　　林伯駿**筆挺**地站着，一副下屬見了上司的模樣，我說：「我做了林先生的顧問。」

　　陶啟泉顯得很高興，「好啊，那我更放心$投$資$了！」

　　我將林伯駿給我的本票交給陶啟泉，笑道：「$欠債還$$錢$$，利息欠奉。」

　　陶啟泉接過了 本票 ，向袋中一塞：「我推掉了一個約會，來和你閒談。」

他説着坐了下來，林伯駿仍然站着。

但這時我急於想知道那 鐵盒 中的 秘密 ，所以毫不客氣地將陶啟泉從椅上拉了起來，推他向門口：「對不起，我沒有時間陪你閒談。」

陶啟泉嘆了一口氣：「那太可惜了。」

他**無可奈何**地走了出去，林伯駿也連忙跟了出去。我關上門，急不及待**撕開紙包**，看到了那個鐵盒子。正如林老太太所說，盒子是焊合了的。

我向酒店借用了一些工具，很快就把鐵盒**撬開**來，裏面有一本用**油布**小心包好的小冊子。

我拆開油布，看見冊子的 封面 上，果然有林老太太所提到的那兩行字：「林家子弟，若發現此冊，**禍福難料**……」

我先將整本冊子迅速翻了一翻，發現約有七八十頁，上面**密密麻麻**，寫滿了**蠅頭小楷**，看起來像是一本日記。

我十分興奮，因為這件事的所有**謎團**，很快就有答案了。

　　我定了定神，開始細讀冊子裏的內容，那的確是一本

日記，**字數極多**，超過二十萬。我嘗試用簡單的文字，

把 **重** **點** 撮要出來。

　　寫日記的人，名字叫林玉聲，相信是林子淵的 **祖先**，

可能是他的曾曾祖父之類。

林玉聲是太平軍的一個 **高級軍官**，隸屬於**忠王李秀成**。日記開始時是清咸豐十年，那時已經是太平天國步向 **滅亡** 的開端了。

四月初八那天，忠王召見林玉聲，問他：「你看天國的 *前途* 如何？」

林玉聲答：「擊破江北大營，可以趁機北上，與北面被圍困的部隊會合，打開**新局面**。」

忠王苦笑：「只怕南京城裏不穩！」

林玉聲聞言默然。天王在南京，日漸**不得人心**，雖在軍中，也有所聞。

忠王又問：「如果兵敗，又當如何？」

林玉聲答：「當率 **死士**，保護忠王安全！」

忠王長嘆：「但願兵荒馬亂之後，可以作一 ***富家翁***，於願足矣！」

林玉聲不作答，因不知忠王心意究竟如何。

忠王又*徘徊*良久，才道：「玉聲，你可為我做一件事？」

林玉聲答：「願意效勞！」

忠王突然大聲召一名小隊長，帶領十六名士兵進帳來，全是忠王的 **近身侍衛**。忠王向他們下令：「從現在起，你們撥歸玉聲指揮，任何命令，**不得有誤！**」

全體十七人都答應着，忠王又揮手令他們出去，然後攤開了一幅 地圖 ，指着地圖一處對林玉聲說：「這裏叫**貓爪坳**，離我們紮營處，只有四里，翻過兩座山頭可到。」

林玉聲以為是 **伏擊敵軍** 的任務，豈料忠王取出一根徑約五寸，長約三尺，兩端密封的 **鐵鑄圓筒** 來，說：「這鐵筒內，是我歷年所得的財寶，有珍珠、翡翠、

金剛鑽，頗多 **稀世之寶**！」

林玉聲聞言大驚，「如此，兵荒馬亂過後，豈止一富家翁而已！」

忠王笑，「我已找到 妥善地方 收藏此物。」

林玉聲恍然大悟：「在貓爪坳？」

忠王點頭道：「月前我 **巡視** 地形，經過該處，發現某地甚為隱秘，古木參天，我已想好收藏這批寶物的方法，找其中一株大樹，以極精巧之法，**挖空**樹心，將圓筒插入樹心內，再將 **挖空之處** 填回去，用水苔、泥土包紮──」

忠王講到此處，林玉聲已明白，「好方法，不消一年，填補上去的樹幹會慢慢接合！」

忠王笑道：「是。原樹一直長大，**寶物** 在樹心內，絕無人知。他日若不幸兵敗，你我取寶藏 **遠走高飛**，

有福同享！」

忠王語意誠懇，林玉聲聽了不勝感動，忙答道：「願*侍候*王爺一生！」

翌日一早行事，出發之前，到忠王帳中取那鐵圓筒，小隊長與兵士在帳外待命。忠王將圓筒交給林玉聲，鄭重付託：「玉聲，此事，你知、我知而已。」

林玉聲問：「帳外十七人──」

忠王低聲道：「帳外十七人，我自有*裁處*。」

林玉聲心中一涼，知道忠王有滅口之意，只能在心中替那十七人婉惜。

林玉聲與隊長率領十六名士兵出發，一路上不敢多言，到達貓爪坳後，按圖*索驥*，找到了地圖上圈着的一株樹木。士兵隨即用*利器*

剖樹挖孔，一直到黃昏，樹心已挖空，林玉聲將那圓筒置於樹心之中，再把樹幹填補好，裹以**濕泥**。

林玉聲後退幾步，觀察該樹，「總算完成了！」

怎料這時候，林玉聲突然聽到**拔刀出鞘**的聲音，

伴隨着隊長的疾喝聲：「林公，此乃忠王密令，你在**九泉之下**，可別怪我！」

林玉聲還來不及反應，已感到背上一陣**劇痛**，身體倒向樹身，雙臂抱住了樹幹，眼前發黑，耳際轟鳴。

但忽然之間，林玉聲又覺眼前 **光明**，痛苦全消，**身輕如無物**。最奇怪的是，他竟然從旁觀者的角度，看到了自己的身體仍緊抱在樹幹之上，背後**血如泉湧**，

神情痛苦莫名，但他自己卻感覺不到任何。

　　繼而，又聽到儍叫聲不絕，只見十六名士兵一

一倒地，只餘隊長一人，持刀而立。

　　隊長一一檢視士兵，若見未斷氣者，立時 **補戮**一刀，直至十六名士兵盡皆 **伏屍地上**，隊長向林玉聲抱在樹上的身體走來。林玉聲緊張得想大聲喝止，卻説不出話來，他望着自己的身體，漸漸才明白：**我死了！**我的魂魄已離開軀殼，我已死了！

第十五章

頓悟

林玉聲在冊子裏敘述，當時隊長欲對他補上一刀，但見林玉聲的身體已無反應，便長嘆一聲，垂下刀來，喃喃道：「上命若此，林公莫怪！」

隊長離去，林玉聲欲追隊長，卻發現自己不能向前奔，只可以**上升**、**下沉**、**左右橫移**，不能超越大樹樹枝的範圍。林玉聲恍然大悟，他的魂魄已**依附**於大樹之中！

林玉聲竭力掙扎，想脫離大樹，不知掙扎了多久，突然眼前一黑，感到背部**劇痛攻心**，張口大叫，竟又

可以聽到自己的聲音，低頭一看，發現自己雙手緊抱着樹

身，原來他竟然又回到了自己的軀殼！

　　此時林玉聲背痛難當，氣若游絲，唯一 願望 就

是 再度死亡☠。因為他已經知道人死後魂魄尚存，

既然如此，他寧願死去，讓魂魄脫離這副令他**痛不欲生**的軀體。

他能死而復生，也許是因為隊長下手時不夠**狠**，使他處於半死未死之間，魂魄短暫離開軀體，當軀體有了**氣息**，魂魄又回去了。

林玉聲痛苦得昏了過去，昏了又醒，醒了又昏，直至次日中午，恰巧有**樵夫**經過，才救了他。

十日之後，林玉聲的傷已大有起色，可以**步行**，拄杖告別樵民，回至營地，大軍早已離去，他一向把日記和重要物品**藏於地下**，於是按標記挖掘，發現日記物品仍在。

既然忠王不仁，他也不義，決定把 樹中 財寶 據為己有。傷癒之後，他前往貓爪坳，拆開包裹樹幹的濕泥，見被挖處已略為 接合，便拿出隨身小刀，欲割開樹幹取寶藏。怎料這時候，怪事 又發生了，小刀才插入隙縫之中，他的身子突然向前傾，撞到樹幹上，剎那間，他的魂魄竟又一次進入了 大樹 之中！

此刻他能看到自己軀殼上的容貌，原來是那麼 貪婪 醜惡，不禁慨嘆起來。他突然有種 頓悟 的感覺，明白到魂魄是常存的，而萬物皆是軀殼，財寶也只是浮雲而已。頓悟後，他的魂魄竟然又回到了身體去。

林玉聲感到豁然開朗，不再 記恨 忠王，也不貪圖那

些財寶，就輕輕鬆鬆如平常人生活，把人生當作一場 *短暫* *的遊戲*。

　　他的日記寫到這裏就停止了，看來他已經看破了一切，覺得用文字記下所思所想或人生經歷也是多餘的。可是那本冊子還有 **最後一部分**，紙質略有不同，似

是另外加上去的，記載着林玉聲 **臨終** 前的事情。

那段內容的大意是：他年事已老，體力日衰，知道命不久矣，近半年來，用盡方法想令自己的魂魄 離體，卻總是不成功。他開始擔心，死後是否真的能如當年那樣，魂魄 離開軀體而長存？

為確保魂魄長存，他決定再到貓山坳那棵大樹去試試看，畢竟他的魂魄曾 **兩度** 進入那大樹，有過成功的經驗。於是他就離家，前往貓爪坳去，而後面就再沒有任何記載了，估計他把日記留在家中，自己 **一去不返**，沒有再回來過，也不知道他成功與否。

以上就是林玉聲在那本冊子裏所記載的事，他所講的「魂魄」，用我們現代的說法，就是「靈魂 」。如果他所載屬實，那表示他的靈魂曾經離開過軀體，進入了一株大樹之中，後來又回到自己的 **身體**，而且還至少有過兩

次這樣的經驗。實在是**匪夷所思**。

假使那是真的，我仍有很多不明白的地方，例如他可以在大樹的範圍內移動，是什麼意思？如果有人**伐樹** 🌳，他會感到痛楚嗎？他不能説話，卻又為什麼能看能聽？還有那十六名**死去的⬤士⬤兵**，他們的靈魂又到哪裏去了呢？是進入了附近的樹中，還是進入了其他什麼東西之中？

　　我不是第一個看到這本**冊子**內容的人，在我之前，至少還有林子淵和計四叔。據林老太太說，林子淵看完這本冊子之後，神態舉動變得很古怪，忽然*離家出門*，而且還遇上**意外**，再也回不來了。

　　如今我看過這本冊子，大概明白林子淵當時的心態，一開始，他自然是感到十分驚訝，**難以置信**，認為那簡直是《聊齋誌異》的情節。但經過一番沉思，他又覺得祖上沒必要花費精神去**編造故事**，而且還收藏得如此秘密。

　　所以，林子淵決定去貓爪坳，找出那株大樹，看看他祖上林玉聲的靈魂是否在那大樹之中，他要探索靈魂的**奧秘**。即使沒有結果，他不但沒有損失，而且還有機會挖出當年忠王的寶藏，過上**富貴**的生活！

雖然不能證實，但我相信林子淵的想法，大概如此。

至於計四叔看完這本**冊子**之後，自然也是感到難以置信。但如果日記所載是真的，人死後「魂魄」會附於其他物件，那麼，林子淵死於炭窯，他的「魂魄」也會**附於**炭窯中某個物件之上嗎？四叔心裏不安，所以決定冒險進入炭窯察看。

結果計四叔在秋字號炭窯裏發現了那塊木炭。

一想到這裏，我就不由自主地打了一個**寒顫**，因為我想到：林子淵的靈魂，會不會就**藏**在那塊木炭之中？

第十六章

靈學會

如果木炭裏面，真的有着林子淵的靈魂，那真是太**不可思議**了！

我曾經用小刀，將木炭刮下少許來，他會感到痛楚嗎？當我捧着木炭的時候，他是不是能看到我？

另一方面，我倒很 **佩服** 四叔想出來的辦法，要對方用相等體積的黃金來交換這塊木炭，其用意是，林伯駿看過冊子後，若不相信內容，自然不會拿黃金去換木炭，那就相安無事，**生活依舊**；但如果林伯駿願意付出這

樣大的 **代價** 去換木炭，就表示他對日記所載的事深信不疑，或許其時已有足夠的科技去驗證，那麼就應該給他機會，他有權查清楚 **真相**。

只是沒想到，林伯駿長大後，不是不相信，而是連那本冊子也 **不屑一顧**，沒興趣去看。

收藏木炭的 **精美盒子** 就在我面前，我深吸一

75

口氣，戰戰兢兢地打開它，對盒中那塊木炭 講起話 來：

「林先生，根據你祖上的記載，你如果在木炭之中，應該可以看到我，聽到我的話？」

木炭 沒有 反應，仍然靜靜地躺在盒中。

我又說：「我要用什麼方法，才可以確實知道你的 存在 ？」

木炭依然沒有反應。

我像 夢囈 一樣，說了一連串的話，都得不到任何回應。

一直到天亮，我嘆了一聲，合上木盒，略為收拾一下，也來不及通知陶啟泉和林伯駿，就離開了汶萊。

回到家中，我急不及待將那本冊子交給白素看。她仔細讀完後，抬起頭來，竟說了一句令我意想不到的話：「你還記得皮耀國說，在木炭裏看到 一個人 嗎？」

白素這句話使我 心頭一震，我因為沉浸在那本冊子的內容裏，幾乎忘記了在皮耀國實驗室中所發生的那件怪事。皮耀國説，用 X光 透視那木炭時，他在熒光幕上看到了一個 人影！那個人莫非就是林子淵？

我和白素面面相覷，白素的神情有點迷惘，「木炭之中藏着 一個靈魂，而這個靈魂，在經過X光的照射時，能顯示一個人影於熒光幕上。這到底是什麼原理？我實在沒辦法説服自己相信。」

「但事情確實這樣發生了，而且各方面都很吻合，不太可能是純粹的 巧合 或是 幻覺。」我説。

白素 皺着眉，「就當林子淵的靈魂真的在木炭之中，可是我們怎樣才能跟他溝通，或證實他的存在？皮耀國所見的，先不管是不是幻覺，就算是真的，也只出現過

一次，又未能記錄下來，再用X光透視也看不到，實在很難叫人相信。」

這時候，我突然**靈光一閃**，「我可以找人幫忙。」

「找誰？」白素問。

我吸了一口氣，下定決心説：「我到**倫敦**去，普索利爵士是一個靈學會的會員，我曾經見過他幾次，他在**靈學**研究上很有經驗，或許可以幫助我！」

白素同意，「不錯，他是適當的人選。」

我立刻打電話給普索利爵士，他一接聽就罵：「什麼人？這是什麼時候？衛斯理？哪一個**見鬼的**衛斯理？」

他的聲音很生氣，我心中暗覺好笑，我忘了兩地的**時間差異**，算起來，這時是倫敦的凌晨三時許，在這個時間被人吵醒，普索利爵士算罵得相當斯文了。

我説：「爵士，我的確是『見鬼的』衛斯理，我有一個 鬼魂  在手上，要你幫助。」

一聽到「我有一個鬼魂在手上」這樣奇異的説法，旁人可能會把我當 瘋子 ，但爵士卻立時精神起來，「哦！你是那個衛斯理，哈哈。對不起，我對於 外星人 的 靈魂 ，並不在行！」

他果然想起我是什麼人來了，我笑道：「與外星人無關。」

他禁不住 好奇 ，「那是什麼樣的鬼魂？」

「很難説得明白，這故事太長了。我立刻動身到倫敦

來，希望你能召集所有曾經有過和靈魂接觸經驗的人，一起展開研究，我想你不會拒絕吧？」

爵士「呵呵」笑了起來：「我從來不拒絕靈魂的到訪。」

「我一到倫敦，再和你聯絡。」

「好的，我等你。」

我放下了電話，心中十分興奮。因為我知道，普索利爵士和他的朋友花了二十年以上的時間去研究與靈魂接觸，一定能幫上忙。

我收拾一下簡單的行裝，當天就上了飛機。

到達倫敦後，倫敦機場的關員，對這塊木炭起了懷疑，將我帶到一個特別的房間，那裏有許多專門的儀器。一個警官很有禮貌地接待我，我不等他開口，就說：「老湯姆還在蘇格蘭場麼？」

那警官怔了一怔，「你認識老湯姆？」

「是。」

那警官用十分疑惑的神情望着我，「老湯姆現在是 **高級顧問**，請你等一等。」

他離開了房間，我知道他一定是去和老湯姆通電話了。果然，五分鐘後他回來說：「先生，老湯姆說，就算你帶了一顆 **原子彈** 進來，也可以放你過關。」

我笑了。那警官又說：「不過，你這塊木炭，經過我們初步檢查，發現它發出了一種相當 高頻率 的聲波。」

我愣住了，問：「可以將測試的記錄給我看嗎？」

「可以。」他召來了一個女警官，給我看一卷圖紙，紙上有着許多 **波形**，我一看就認出了那些波形，和皮耀國給我的X光片上，所顯示的線條十分吻合。

　　我深深吸了一口氣，揚起 記錄紙 問：「我可以帶走嗎？」

　　他想也不想就説：「可以。」

　　我離開機場，上了 計程車 ，直赴普索利爵士的寓所去。

第十七章

木炭中 有着 一個靈魂

　　普索利爵士的寓所，是一所**古老建築物**。他當初搬進來，是因為這是一幢「**鬼屋**🏠」。原主人搬走後，賤價出售。普索利爵士如獲至寶，買了下來，可是搬進來之後，每晚都希望有鬼出現，卻一直未能如願。

　　普索利爵士創立了一個「**降靈會**」，集合許多對

靈魂有興趣的人，經常舉行「降靈」儀式，希望能和靈魂接觸。

我到了之後，發現他的準備工作做得極好，不但請了降靈會中七個**資深**會員，還請來三位法國的**靈魂學家**。大家互相介紹過後，我們一起進入普索利爵士的「降靈室」，那是一個相當大的廳堂，但除了正中有一張 **橢圓形** 的桌子 之外，別無他物，看起來十分 **空洞**，而且光線非常陰暗。

我開始向他們講述木炭事件，當提到有一個靈魂離開了人體，進入一株樹內，它的活動範圍**離不開**那株樹時，所有人的神情都充滿了疑惑。

這時我解開旅行袋，取出木盒，打開來，捧出了那塊木炭。

幾個人叫了起來：「**一塊木炭**！」

「是的，一塊木炭。我提及的那個靈魂，我**堅信**就在這塊木炭中！」我說。

所有人臉上的神情都怪異莫名，一起**盯** 👁 住這塊木炭。普索利爵士最先開口：「是什麼令你相信有一個靈魂**住**在木炭中？」

於是我繼續向他們講述關於這塊木炭的故事。由於事情複雜，而且要西方人明白炭幫、太平天國等等是什麼，絕非一件容易的事。我足足花了**三小時**，才將整個經過講完。

這時候，他們當中有一個身形**瘦削**，面目陰森，膚色蒼白的人，名字叫甘敏斯，似乎對我所講的事**半信半疑**，望向普索利，「對於衛先生所説的一切——」

普索利不等他講完，就説：「我絕對相信衛斯理所講的每一句話。這樣吧，我們就當作有一個靈魂在木炭中，

大家先休息一會，培養好情緒和狀態，晚上一起嘗試和這位林先生的靈魂*接觸*。」

普索利的提議，沒有人反對，那塊木炭就放在桌子中央，我們一起離開了「降靈室」。

我去洗了一個*熱水澡*，休息片刻，便到晚膳時間了。

晚膳的菜式極其豐富，但所有人都 ❤不在焉，沒有人 講話 ，顯然都記掛着那塊木炭，想着等一會如何與木炭中的靈魂接觸。

晚膳後，休息了半個小時左右，普索利説：「我們可以開始了！」

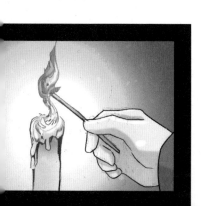

各人都站了起來，走向降靈室。降靈室中沒有 電燈 ，只在四個角落處，點了四支蠟燭，十

分陰暗，更添 **神秘** 氣氛。

各人圍着桌子坐了下來，有幾個人得到了我的同意，用手指按在木炭上，有幾個閉上眼睛，口中 **喃喃** 自語 ，有的盯着那塊木炭，全神貫注。

各人所用的方式，都不相同，甘敏斯最奇特，在一角落處，不停地 **走來走去**。

我反而沒事可做，因為我不是一個「 **靈媒** 」，不懂任何方法去與靈魂接觸，所以只好 **旁觀** 。

時間慢慢地過去，忽然間，有兩個人臉色變得極其難看，匆匆站起身，向外跑去，接着傳來了他們強烈的 **嘔吐聲**。

普索利喃喃地説：「有一個靈魂在，我強烈地感到，

有一個靈魂在！」

　　另外幾個瞪着眼的人，也**點着頭**，同樣感覺到有靈魂在。

　　在外面嘔吐完畢的兩個人，回到降靈室之中，神色極可怕，不由自主地喘着氣，用他們自己的方法繼續**通靈**。

　　又過了一小時左右，情形還是沒有改變，我開始有點**不耐煩**，可是又不敢問他們，怕打擾了他們，亦不好意思離開房間。

　　就在這時候，出乎我意料之外的變化發生了，突然之間，我看到了甘敏斯整個人直**跳**了起來，他臉上呈現一種**興奮**與**驚訝**交雜的神情。

　　幾乎在同一時間，幾個將手指或手掌放在木炭上的人，猶如被**火燙**或**觸電**一樣，他們的手突然一起疾縮回來，甚至好像被一股強大的力量**彈開**，令他們的身子向後倒，撞翻了身後的椅子。

其餘幾個正在集中精神的人，亦一起 **驚叫** 起來。顯然他們 **所有人**，都在同一時間有了某種感應。我連忙問：「怎麼了？發生什麼事？」

我只聽到他們急促的喘息聲，每個人臉上都 *浮現* 一種怪異的神情，誰也開不了口。但忽然間，一陣 **犬吠聲** 傳了過來，而且不止一頭，而是至少有五六隻狗在降靈室的門外狂吠，情緒十分 **激動**，急於想衝進來，不斷抓着門。

我實在忍不住，大聲叫道：「天！究竟發生了什麼事？」

甘敏斯首先説：「爵士，先放那些狗進來再説！」

「對！」普索利急步來到門前，先隔着門大聲叫各隻狗的名字，**叱喝** 着，一直等到外面的犬吠聲漸漸靜下來，他才慢慢地打開門。

門一打開，所有狗立即衝進來，有杜伯文犬、牧羊犬、拳師犬、還有兩隻臘腸犬，有的跳到桌子上，對着那塊木炭**吠叫**。兩隻臘腸狗跳不上桌子，就在桌邊豎起了身子，一樣對着那塊木炭狂吠。

足足過了五分鐘，那些狗才漸漸回復常態，跳上桌子的，也躍了下來，在降靈室中，來回走着，顯得十分**不安**。

在普索利的叱喝之下，牠們終於聽話地蹲了下來。這時普索利才對我說：「衛，剛才我感到有一個**幽靈**在，你感覺到嗎？」

我搖頭，「沒有。難道你們每一個人都感覺到了？」

甘敏斯說：「我有這個*感覺*！」

有人只是點頭，有人簡單地說了一個「是」字，也有人激動地指着木炭說：「對，我強烈地感覺到，**他在這裏！**」

我還是不明白，「各位，我想要**具體**一點的說明，所謂感覺，究竟是怎樣的一種感覺呢？」

可是所有人都呆呆地望着我，沒有一個能答上來，普索利對我說：「*感覺*只是*感覺*，只是突如其來感到一樣

東西存在，那是一種*虛無縹*
*緲*的感覺，不能用具體的字
眼去形容。」

　　我聽了之後，又是好氣，
又是好笑，「如果連什麼感覺
都說不出來，那有什麼辦法可
以令其他人 **信服**，你們真
的感覺到有靈魂存在？」

　　普索利搖着頭，「這
是你最不明白的地方。感
到有靈魂存在，只是我們
自己的感覺，我們絕不要
求旁人 **相信**。」

我開始後悔*千里迢迢*來找普索利幫忙了，即使他們全都同意，在這塊木炭之中，的確有一個靈魂存在，但那只是他們的感覺，沒有任何實質的**證據**，那又有什麼用？

「你們有沒有方法和這個靈魂交談，或者獲得一點**信息**？」我問。

大家沉思了一會，普索利說：「我相信剛才他一定給了我們**某種信號**，可惜這種信號，我們只能感覺到，卻無法理解當中的內容。」

我忍不住用**激將法**說：「難道在你們降靈會裏，就沒有誰的感應能力特別敏銳，能明白靈魂的信號在表達些什麼嗎？」

甘敏斯冷冷地笑道：「有，爵士的那些**寶貝**。」

　　他指住普索利的那些狗，這本來只是一句氣話或是嘲諷，但大家聽了之後，立時靈光一閃，幾乎同時叫了起來：「**狗的聽覺！**」

第十八章

靈魂發出信號

人類的聽覺，感受高頻音波的**極限**大約是兩萬赫茲，超過這個頻率的聲音，人就聽不到。

但狗的聽覺，極限比人來得**寬**。人聽不到的聲音，狗可以聽得到。

剛才他們幾個人**感覺**到那塊木炭裏有靈魂在向他們發出信息，卻不知道信息內容是什麼。但從那些狗的**異常反應**看來，牠們會不會聽到了一些我們人類聽不到的聲音呢？

　　想到這一點，我馬上又聯想起兩件事：第一，早前X光片上出現的那些*條紋*，皮耀國説過，看起來像是一種高頻音波的**波形**。第二，我在帶木炭進英國時，海關的檢查儀器亦測到高頻音波！

　　當我想到這裏，便忍不住叫了起來：「他對我們 **講話**！剛才他對我們講話！」

　　各人議論紛紛，但都點着頭，同意我的講法。

　　我興奮地説：「他發出的，是人耳聽不到的高頻音，所以我們聽不到，但各位的感覺 ✦*靈敏*✦，略感到了一點，而這些狗卻實實在在聽到了！」

　　降靈室中每一個人都興奮得難以言喻，這是靈學研究的**重大突破**！一個靈魂直接和人溝通，發出了信號！

普索利不斷地搓着手：「天啊！那他究竟在講些什麼？」

「別急，爵士，我們聽不到，但可以看！」我邊說邊提起 **公事包** 🧰，取出在皮耀國實驗室拍下，那張有着不規則條紋的 X光片，還有海關對木炭進行詳細檢查時，所記錄下來的 高頻音波圖 。

所有人都圍了過來，我們立刻發現，海關記錄下來的波形，和X光片上的波形，極其 *近似*。看起來像是有四組不同的波形，在 循環 重複 着。

一個一直未曾開過口，其貌不揚的人忽然說：「這看起來像是一種 **單音節** ♪ 的語言。」

我心中一動，「對！如果真的是林先生的靈魂在說話，他說的就是江蘇省一個小縣的 方言 。你是怎麼看出來的？」

那人説：「我是研究**東方語言**的，從波形看，他説了四個音節，有可能是一句有意義的話，也可能是毫無意義的四個**單音**♪。」

「那麼你能看出他在講什麼嗎？」大家七嘴八舌地問。

那人苦笑道：「當然不能，只怕世界上也沒有什麼人有這種**本領**。」

當所有人都顯得有點沮喪的時候，我卻靈光一閃説：「有！我知道有一個人，可以從**波形**辨別聲音！」

各人都以不信任的眼神望着我，我便將皮耀國告訴我，有人從波形辨別**樂曲**♪的那件事，講了出來。

「但那人辨別錯了。」甘敏斯説。

我辯護道：「雖然他猜不中，但也相當接近，證明他確實有這方面的 能力 。」

有人迫不及待説：「對！要是能獲得一點**指示**，也比我們茫無頭緒好，快去請這個人來吧！」

我二話不説，馬上 📞**打電話**給皮耀國，問他：「老皮，是我，衛斯理！向你打聽一個人。上次你説有人從音波的波形辨別樂曲，將一段《威廉泰爾》的序曲，當作了《**田園**♪**交響曲**♪》，這個人可以介紹給我嗎？」

皮耀國呆了一呆，説：「是有這樣一個人，但他是一

個 **怪人**，甚至比你還要怪。」

「比我還怪？」雖然我不覺得自己 **古怪**，但別人總把我當作怪人，所以當皮耀國説那人比我還怪，我不禁感到 **好奇**。

「對，他自以為是天才，對一切事情都感興趣，又自命是推理專家，有許多不着邊際的 **幻想**。前兩天他才來找過我，説他發現了一組人，從外太空來的，住在郊外的一幢 **怪房子**，他曾經被打了一頓，打他的那個外星人只有 *半邊臉*——」

當皮耀國講到這裏，我已忍不住尖聲叫了起來：「我的天！是 **陳長青**！」

皮耀國亦嚇了一跳:「對,陳長青,你也認識這個**神經病**?」

「認識。謝謝你,我知道了。」我掛斷了電話,心中不禁苦笑。

陳長青這個人的好奇心不比我小,如果叫他來 **倫敦** 的話,一定會為降靈會帶來許多**麻煩**,對這裏每一個人、每一件事物,甚至每一條狗都要尋根問底。

我和普索利他們商量過後,決定把木炭留下來,暫時讓他們**保管**。然後我親自回去找陳長青,只讓他看那些波形,希望他能認出聲音,從而推斷那聲音在説什麼。

於是我留宿了一晚,第二天一早就帶着X光片和波形記

錄紙，乘飛機回去。回到家中，我先打電話給陳長青，什麼也不解釋，只說：「陳長青，你快來，我有一些**東西**給你看，我在家裏，你小心駕駛！」

為免他**問長問短**，我說完就立刻掛線。在等待陳長青的期間，我才慢慢將事情的進展告訴白素。

陳長青果然是個**好奇心**比我還強的傢伙，我還未把事情向白素講完，就聽到屋外響起一陣**刺耳**的煞車聲，我只好扼要地總結，然後匆匆去開門。果然是陳長青來了，門一開，他就直衝進來問：「有什麼給我看？」

我領他到客廳坐下，將英國海關給我的**波形記錄紙**遞給他，「你看看，這是什麼聲音？」

陳長青看了一眼，「哼」了一聲，「這是高頻音波的波形，根本**沒有聲音**！」

他果然是這方面的專家，我**誇獎**他：「厲害，一

眼就看出來了！」

我給陳長青戴了一頂**高帽**，他登時眉飛色舞，我把握機會，繼續問下去：「這裏看起來有四組不同的波形，它們是不是代表了四下不同的**聲音**？」

「你這個到底是什麼**玩意**啊？」陳長青的好奇心開始發作了。

我連忙**安撫**他：「你替我解決這個問題，我將那半邊臉的事詳細告訴你，我已經完全弄清楚了！」

「真的？」陳長青瞪大了眼睛，隨即又壓低聲音問：「他們是哪一個星球的人？」

我敷衍道：「一顆**小星球** ●，一點也不高級，繞着另一顆大星轉。」

陳長青興奮莫名，**搓着手**，指着那些波形圖，「你想知道什麼？」

「我想知道這四個聲音是什麼。有語言學家說，這四種波形，代表四個單音，可能是 **一句話**。」

陳長青翻着眼，「狗屁**不通**！既然是高頻音波，在人耳可以聽得到的範圍之外，怎麼會是語言？」

他說得很有道理，我嘗試將問題修正一下：「那麼，如果將這些波形，相應地降低頻率，到達人耳可以聽到的範圍，你看會是什麼聲音？」

陳長青拿起波形記錄紙，瞇着眼，認真地看着，喃喃道：「來來去去，只是四個音節。第一個音節，像是『**Fa**』的發音，不過波形後來向下，呈淺波浪形，表示後面連着相當重的**鼻音**。」

他一面對我講，一面模仿着，發出**聲音**來，「Fa」之後再加上「n」音，他念了幾個音，如「方」、「奮」、「范」等等。

「我猜得對嗎?」他問我。

我苦笑道:「我就是不知道,所以才問你。」

陳長青接着分析第二個 **音節**♪,「第二個音節,毫無疑問,包含了英文中的『O』音,可能是『餓』、『兀』、『我』之類的字。」

「Fa」「方」「奮」「范」

「O」「餓」「兀」「我」

憑這一點點的線索，還未足夠推斷是什麼字詞，於是我**催促**他分析第三個音節。但他看了第三種波形之後，皺着眉説：「這個音節很怪，像空氣高速通過**狹窄通道**所發出來的聲音！」

他愈説愈**神化**了，我又好氣又好笑，問：「那到底是什麼聲音？」

陳長青想了半晌，突然握起拳頭，向拳內吹氣，發出「**徹徹**」的聲響，説：「就是這樣的聲音。」

望着他往拳頭裏吹氣的**怪模樣**，我差點忍不住大笑起來，但這時候白素卻突然在旁邊説：「我知道這是什麼音！」

第十九章

與靈魂對話

「我看，這可能是一個 **齒音字**。」白素説。

陳長青一拍大腿，

「對，是齒音字，我怎麼沒想到？」

我在思考有什麼齒音字的時候，陳長

青已在分析最後一個音節：「第四組比較簡

單，發音像『**La**』，但有拖長的 **尾音**，

那是『賴』、『拉』、『來』或者其他差不多的發音。」

他把四組音節分析完後，放下了紙，望向我，「那個

半邊臉的人——」

我便告訴他：「那人在一次意外中，被火燒壞了臉，事情就是那樣簡單。」

陳長青像是被人踩了一腳似地叫了起來：「你剛才說他們是來自一個小星球的！」

我點點頭，「對，你和我也是這個星球上的人。」

陳長青的臉色一陣青一陣紅，好像恨不得重重地咬上我一口，我也有點過意不去，便安撫他道：「他們全是地球人，不過有一件極其詭異的事和他們有關，我可以告訴你，但你只管聽，不要插嘴。」

於是我將事情的經過，用最簡單的方法講給他聽，主要強調一點：一塊木炭之中，有一隻鬼，而這些高頻音波，就是那隻鬼發出來的！

我講完之後，陳長青目瞪口呆，我說：「現在你全知

道了，你能不能告訴我，這位鬼先生講的那四個字，究竟
是什麼？」

陳長青呆了片刻，又拿起**波形紙**來，一邊猜測，
一邊念出來：「范鵝齒賴、方我差雷、方餓出拉、奮我吃
來……」

他的猜測簡直是胡來的，四個字連起來毫無意義，我
愈聽愈是**冒火**。

可是聽着聽着，我們三個人幾乎同時想到了四個字，
立刻大喊出來：「*放我出來！*」

我們驚呆地面面相覷，我吞了一下口水，説：「我
想，應該是這四個字沒錯了。」

我們又**沉默**了好一會，白素突然説：「如果木炭
裏的靈魂真的能説話，又能聽到我們所講的話，那麼，以
這個方法，我們豈不是可以和靈魂**交談**？」

「對啊!」陳長青激動地説。

　　但我嘆了一口氣,「可是,要這樣一個個字去猜的話,一句話只怕要花上 **一兩天** 時間來推敲。」

　　白素想了一想，笑道：「不，其實只要我們能認出**兩組波形**，就已經可以進行不少交談了。」

　　一聽白素這麼說，我立刻**拍打**了一下自己的額頭，「對啊！我真笨，居然沒想到。」

　　然後我**舉一反三**，想到：「而且，要一個人念出三四千字，絕對不是什麼難事，就如同叫一個學生念一篇一樣。」

　　白素喜出望外，「對！你真聰明！只要他**願意**念出四千字左右，基本上我們就能交談了！」

我和白素都很興奮，但陳長青卻聽得 一頭 霧 水，抗議道：「喂喂！你們到底在說什麼啊？」

我笑道：「你先去準備一台高頻音波的 記錄儀，還要接駁上一台電腦，辦好之後，我才告訴你。」

「那就簡單，我家裏就有這些 儀器。」陳長青說。

「很好，那麼你趕快在家裏把儀器設置好，我去聯絡 降靈會 的人，讓他們把木炭帶回來，一起去你家裏

進行真正**與靈魂**  的**對話**！」

　　說完，我們便分頭行事，陳長青回家設置器材，我打電話給普索利，告訴他事態發展，他興奮得**大叫**：「天！我的天！」

　　我連忙催促他：「別叫我的天了！你趕快帶着木炭來，他們誰有興趣的，都可以一起來！」

　　普索利與他的**同伴們**第二天就帶着木炭到達了，我們一起前往陳長青的住所。

陳長青的**祖傳大屋**，大得不可思議，他在「**音響室**」裏已經依我的指示設置好器材，着急地問我：「你叫我做的，我都做好了，你快告訴我，你準備用什麼方法和靈魂交談！」

我笑而不語，先將那塊木炭放在探測儀器上，**眼神**示意陳長青啟動儀器。

陳長青把儀器和電腦都開啟了，**電腦熒幕**上顯示着儀器所探測到的音頻波形。

這時候我做了一個**手勢**，示意大家保持寂靜，然後我拿出一張紙，寫了一個「**是**」字，向木炭展示，説：「如果你憑感應，能『**聽**』到我所説，又能『**看**』到這張紙的話，那麼請你念出紙上的字。」

所有人保持靜默，不到幾秒鐘，電腦熒幕突然顯示出一個**波形**，並自動儲存了起來。

接着我把紙翻到背面，又寫了一個「**不**」字，同樣要求木炭裏的靈魂*讀*出來。果然電腦熒幕又顯示了另一個波形。

這時陳長青禁不住讚歎：「我明白了！只要認得『是』和『不』這兩個字的波形，我們就已經可以和他進行大量的**問？答**，他只要回答『是』或『不』就可以了！」

我得意地笑道：「不僅如此，我問你，中文**常用字**的數目大概是多少？」

「**四千字**上下吧。」

我又問：「一個人念四千字，大概要多久？」

陳長青想了一想，「如果是連貫的**句子**，半小時內就念完了，若是逐個**單字**去念，大概一個小時上下。」

我笑道：「所以，只要他願意花一小時念出四千個常用字，那麼我們就能記錄下這四千個字的波形。有了這

四千個常用字，基本上已經可以 **涵蓋** 九成多的句子內容！」

陳長青 **恍然大悟**。

我立刻對木炭說：「請問，你是林玉聲嗎？」

熒幕顯示出一個波形，大家都認得那是「**不**」的波形。

接着我又問：「你是林子淵？」

這次熒幕顯示出「**是**」的波形，我們所有人都既興奮又緊張。

「那麼，你願意花一些 **時間**，讀出大約四千個常用字，為我們的交談作準備嗎？」

熒幕又一次顯示「是」的波形，大家興奮得 **歡呼** 起來。在接下來的一個多小時裏，我拿着常用字表，請林子淵的靈魂逐一讀出來，陳長青把每一個字的波形儲存成

圖像 。然後我在他的電腦裏安裝了一個能搜尋近似圖像的程式，當林子淵説話時，程式就能根據波形，在那四千字的圖像庫中，快速尋找出相對應的字。我可説是創造了一部 靈魂  翻譯機 。

　　兩小時後，四千多個常用字已經記錄好了，所有人屏息以待的時刻終於來臨，我們即將透過這部「翻譯機」，與林子淵的 靈魂  交談！

第二十章

林子淵 的經歷

我相信這是有史以來，一個靈魂和活着的人展開過最長的交談。

大家太興奮、太激動了，**七嘴八舌**地問了許多問題。我只把當中最重要的，簡述如下。

我問：「林先生，你住在木炭中？那是一種什麼樣的情形？」

「是的，我在木炭裏，就像人在中一樣，我只是**出不來**，我要出來！」

「怎樣才可以令你出來呢？將木炭**打碎**？」

「不！不要將木炭打碎，打碎了，我只會變成在其中一片**碎片**之中！」

「那麼，我們應該如何做？」

陳長青甚至**懷疑**：「會不會你進入了木炭之後，根本就不能離開？」

但林子淵**堅持**：「不！一定可以的，**玉聲公**也成功了！」

「他怎麼了？」

林子淵沉默了一會，才說：「事情要從頭說起，我為何到貓爪坳去，你已經知道了？」

「是。我估計，你是去尋找忠王的**寶藏**，同時也想看看能不能接觸到**祖先的靈魂**，探求當中的奧秘。」

「對。可是我到了貓爪坳後,發現來遲了,那裏的樹都已經被**砍伐**,只剩下樹椿。寶藏是肯定沒有了,我只寄望玉聲公的靈魂仍保存在**樹椿**中,看能不能接收到他的**感應**,跟他聯繫。」

「成功嗎?」

「一點**收穫**也沒有。但我細查之下,知道這些樹木是被炭幫的人在不到一個月前砍伐去的,於是我前往炭幫,希望能取得那段藏着財寶的**樹幹**。」

「你到炭幫去的情形我們都知道了,你居然不顧一切想爬進**炭窰**裏去?」

「是。自從我看了玉聲公的記載,知道人死後,靈魂仍會以另一種形式存在,我對死亡就沒有那麼害怕,**膽子**也大了不小。我趁他們的**吉時**還未到,希望能進入秋字號窰,取出那段藏着財寶,也可能藏着我祖先靈魂的

木頭。」

「可是吉時到了，你還未成功進入炭窯內。」

「沒錯。我畢竟是個 文弱 書生，身手不夠俐落，才剛到窯頂，把洞口弄大了一些，吉時就到了。他們準備生火，幫主 喝令 我下來。我雖然膽子大了，也不至於不懼火燒。所以當下我就決定放棄，當 白走一趟 算了。」

「據炭幫所述，當時看到你準備下來，所以他們才如常 生火，為什麼你卻突然又掉進窯裏去？」

「那是因為，我突然聽到了 聲音！我聽到有人說：『終於有 子孫 看到了日記，來找我了！』我一聽到這句話，整個人呆住了，身體更不由自主地向後傾，失足 掉進了炭窯去。」

「那是你祖先林玉聲的聲音？」我驚訝地問。

「還能是誰？掉進炭窯後，雙腿一陣 劇痛，我知道

腿骨已摔斷了，身旁堆疊好的木料倒了下來，壓在我的身上。那時火已生起，**火舌亂竄**，我感到全身炙痛，大聲叫着：『玉聲公！』」

「他有回答你嗎？」

「有。我**感覺**到他在對我說話，他安慰我，叫我不用怕，不用擔心，靈魂是**不滅**的，會換成另一個形式存在，他還教我抱住身邊的木頭。當時我的痛苦很快就消失

了，我知道自己的靈魂已**脫離軀體**，進入了我抱住的木頭之中。過了許久，火終於燒完了，只見周圍的一切都燒成了**灰**，我以為自己也化成了一粒灰。直到計幫主和另一個人突然進入窯內，將我帶了出去，從他們的**談話**中，我才知道自己原來是在一塊木炭內。」

甘敏斯禁不住好奇，問：「對不起，容我問一個比較唐突的問題，你不斷呼叫『放我出來』，是不是靈魂被困在一塊木炭裏，感覺很**侷促**？」

林子淵答道：「木炭的體積再小，即使小到如一粒**芥子**，對我來說，還是和整個**宇宙**一樣大。讓我舉一個數字上的例子來說明，我是**零**，任何數字，不管這數字如何小，和零比較，都是**無窮大**。我想走出來，倒不是因為覺得在木炭裏很侷促，而是感到這個生命形式已沒有任何意義，我希望進入生命的**第三個形式**去。」

「生命的第三個形式？」

「對。在炭窰裏，我感應到玉聲公脫離了第二形式，進入到第三形式，我還感應到他的興奮、愉悦、歡暢，然後就再沒有任何 *感應* 了，我不知道他到了哪裏去，但我希望像他那樣。」

聽到這裏，我終於明白他要我們做什麼了，「你想我們把這塊木炭 *燒* 了？」

「是，玉聲公也是在木料燃燒的情形下，*離開* 了他寄住的樹身，我覺得可以一試。」

「但你怎麼保證，第三形式會比現在好？現在的話，你能夠以木炭的形式，擺放在家中，看着家人生活、*子孫成長*，這樣不好嗎？」

怎料林子淵説：「這樣不好，只會給家人和後代徒添 *負擔*。伯駿事業如日方中，我不希望他為了和我溝通，

而耽誤了他的 **事業**。況且，如果他們知道靈魂能附於其他東西，那麼我太太死後，兒子是不是又會去尋找她所附的東西，好好收藏起來？到伯駿死了，孫子也這麼做嗎？與其 *沒完沒了*，留着一大堆祖先所附之物，倒不如 *灑脫* 一點，各自活好自己的生命階段，他們活好其生命的第一階段，而我則繼續向前，前往生命的第三階段。」

我們明白了他的意願，也只好如他所願，選了一個 **風和日麗** 的下午，找來一個 **大銅盆**，將木炭放進去，淋上 **火油**。一切準備好了，但火柴卻在各人的手中傳來傳去，沒有人敢負這麼大的責任。等到火柴第三度傳到我手中的時候，我苦笑了一下，「我來擔此重任吧！」

我劃着了 **火柴**，將火柴掉進銅盆裏，木炭立時 **燃燒** 了起來。

幾乎每一個人，都注視着燃燒的木炭，我也一樣。

大約十分鐘之後，木炭裂了開來，裂成了許多**小塊**，繼續燃燒着。三十分鐘後，一堆**灰燼**之上，只有幾顆極小的炭粒還呈現**紅色**。又過了幾分鐘，這塊木炭已完全化為灰燼了。

林子淵是否順利進入了生命的第三形式？

抑或他的靈魂只是進入了**氣體分子**之中，隨**風**而去？

甚至也有可能，他注入到新的生命體中，投胎過來了？

這些我們都不得而知，因為自此以後，我們再接收不

到林子淵靈魂的任何感應。

　　而陳長青卻拿着我設計的「靈魂翻譯機」裝置，到處去**探靈**，可是一無所獲，竟來向我投訴：「既然證明了世界上有靈魂存在，而且能附於物件之中，那麼理應有許多物件都藏着靈魂才是，為什麼我一個都探不出來？」

　　我**聳聳肩**説：「或許不同靈魂所發出的聲波大有不同。又或者，確實到處都是靈魂，只是他們不想和你交談，所以沒有發出任何**信號**。」

　　陳長青皺着眉頭望我，顯然對我的解釋不滿意。但我也愛莫能助了，這種事還是留給降靈會去慢慢研究吧。

　　（完）

案件調查輔助檔案

欲言又止

一路上，我看出林伯駿好幾次想開口，卻**欲言又止**，我便向他笑了笑，「你想說什麼，只管說。」

意思：吞吞吐吐，想說卻又不說。

字正腔圓

雖然只說了兩個字，但是**字正腔圓**，學到十足，我立時聽到了一下歡呼聲，隨即看到一個女傭推着輪椅出來，輪椅上坐着的，顯然就是林老太太。

意思：形容說話時咬字清晰，發音正確。

突飛猛進

林老太太點了點頭，「我在小學教書，他是校長，不到一年，我們的感情**突飛猛進**，很快就結了婚。」

意思：急速飛騰，猛烈的向前躍進。比喻發展進步得很快。

有口難言

我也是第一次聽到有這樣的一個縣，心中更覺奇怪，便問他：「去幹什麼？有親戚在那邊？」只見子淵**有口難言**的樣子。

意思：將話藏在心中，不敢說出口或難以啟齒。

沉着

等到我醒過來，只見兩個老僕人正在團團亂轉，焦急地叫着：「怎麼辦？怎麼辦？」那姓計的很**沉着**：「林先生有親人嗎？快去叫他們來。」

意思：鎮靜而不慌亂。

良心不安

林老太太憶述當日看到四叔贈予的金子時，不禁懷疑丈夫是被四叔害死的，她當時質問道：「要不是你**良心不安**，為什麼要給我們這些金子？」

意思：違反良知，內心不平靜。

責無旁貸

四叔嘆了一口氣，「事情的經過，我已經跟你說過了。不過，說到底，林先生是在我們炭幫的地方出事故，我**責無旁貸**，確實是有點良心不安。」

意思：自己應盡的責任，沒有理由推卸。

悲從中來

這時候，老僕人將伯駿找回來了，我一見到伯駿，**悲從中來**，摟住伯駿痛哭。

意思：悲哀從心底發出。

衛斯理系列 少年版 18

木炭 下

作　　　　者：衛斯理（倪匡）

文字整理：耿啟文

繪　　　　畫：鄺志德

責任編輯：陳珈悠　朱寶儀

封面及美術設計：BeHi The Scene

出　　　　版：明窗出版社

發　　　　行：明報出版社有限公司

　　　　　　　香港柴灣嘉業街 18 號

　　　　　　　明報工業中心 A 座 15 樓

電　　　　話：2595 3215

傳　　　　真：2898 2646

網　　　　址：http://books.mingpao.com/

電子郵箱：mpp@mingpao.com

版　　　　次：二〇二一年六月初版

I S B N：978-988-8687-61-9

承　　　　印：美雅印刷製本有限公司